Claudia Knoßalla Steffens

Weihnachten aus dem Kaugummiautomat

Mit Illustrationen von **Claudia Weitzel**

AF177752

nⱽ

NEUFELD VERLAG

Am Ende unserer Straße
an einem Laternenpfahl schräg
gegenüber der Dorfkneipe ...

Claudia Weitzel

war schon immer kreativ. Folgen eines Badeunfalls als Elfjährige waren eine Querschnittlähmung sowie die Erkenntnis: Das Leben ist nicht planbar. Ein Kunststudium mit Rollstuhl blieb Mitte der Achtziger leider ein Traum und so studierte

Claudia Weitzel Sozialarbeit. Sie wohnt in Schwetzingen bei Heidelberg, führt ein selbstbestimmtes Leben mit Assistenz und malt mit dem Mund.

Die Deutsche Bibliothek verzeichnet diese Publikation in der
Deutschen Nationalbibliografie; detaillierte bibliografische
Daten sind im Internet über www.d-nb.de abrufbar

Lektorat: Dr. Thomas Baumann
Umschlaggestaltung: spoon design, Olaf Johannson
Umschlagbild und Illustrationen: Claudia Weitzel
Satz: Neufeld Verlag
Printed in Germany
Dieses Buch wurde CO_2-neutral hergestellt

© 2023 Neufeld Verlag Neudorf bei Luhe
ISBN 978-3-86256-186-5, Bestell-Nummer 590 186

neufeld-verlag.de

Bleiben Sie auf dem Laufenden:
newsletter.neufeld-verlag.de
neufeld-verlag.de/**blog**
facebook.com/neufeldverlag
youtube.com/@neufeldverlag

NEUFELD VERLAG

… hing seit Jahren ein roter Kaugummiautomat …

… und verführte die Kinder dazu,
ihr gesamtes Taschengeld …

… für harte, ausgeblichene
Plombenzieher auszugeben,
die noch nicht einmal
dreißig Sekunden

nach Erdbeere oder
Zitrone schmeckten.

Eines Tages aber,
es war im Dezember kurz vor
Heiligabend, geschah etwas …

… was die Kinder an ein Weihnachtswunder
glauben ließ und wovon
das ganze Dorf noch heute spricht.

Über Nacht war der Automat tannengrün geworden,

mit Goldpuder bestäubt und
mit blinkenden Lichtern verziert.

Statt Kaugummikugeln füllten winzig kleine Krippenfiguren das Innere des Kastens …

… und keiner weiß bis heute,
wer das gemacht haben könnte –
der Pastor beteuerte
hoch und heilig seine Unschuld.

Ich habe einen Esel gezogen, mein bester Kumpel
die Maria, sein kleiner Bruder das Jesuskind

und zusammen mit den anderen Kindern haben
wir die Weihnachtsgeschichte nachgespielt und
uns wie noch nie zuvor auf Heiligabend gefreut.

»Ich danke dem HERRN von ganzem Herzen
und erzähle alle deine Wunder.«

Die Bibel in Psalm 9,2

*Die ganze Weihnachtsgeschichte finden Sie in der Bibel,
im Lukas-Evangelium.*

*Hier gibt's dieses Buch als Video:
kaugummiautomat.neufeld-verlag.de*

Claudia Knoßalla Steffens

hat schon als Kind am liebsten
Buchstabensuppe gegessen
und kuriose Geschichten
geschrieben. Die Journalistin
arbeitete als Radioreporterin
sowie Nachrichtenmoderatorin fürs Fernsehen.
Heute lebt sie als freie Autorin mit ihrer
Familie in Barcelona und Braunschweig.